歌集

男歌男

奥田亡羊

短歌研究社

男歌をうたう男、　男《おとこ》歌《うた》男《おとこ》。
これは現代を生きる、
ちょっと滑稽な男の物語である。

目次

題字・イラスト　奥田　亡羊
装丁　岸並千珠子

男歌男

男歌男1　奥へとかえす

男歌の系譜ここにて断たれたり人呼んでわれは男歌男《おとこうたおとこ》

子に食わす飯なき朝もいちりんの百合ゆうらりと咲くごとくある

子と妻と送りふとんと服と送り絵本を送り家を空にす

息子四歳

名は多胡の入野よりとる四歳なり多胡の入野の奥へとかえす

柿の木の下に子どもはよろこべり青く小さき柿の実の降る

娘六歳

補助輪をはずせば赤き自転車の少女にわかに女めきたる

牛頭馬頭《ごずめず》と人と遊んでいるごとし娘の開く『地獄絵巻』に

地獄絵を好む少女となりしより肩の輪郭すずやかに見ゆ

夕闇に人の半身ゆらめけりガスバーナーに土を焼きつつ

種を蒔く前に畑の草を焼き土を焼き土の虫焼きおらむ

子の首を絞めつつ妻の瞋《いか》れるを見るもこの世の遊戯《ゆげ》のひとつか

西行のごとしと妻の背に思う旅に出ずれば旅すごからむ

そういえば陽水の歌に
金属のメタルでできたドアノブの把手まわせば左にも回る

嘘っぽく褒める女は抱かんと人には語る男歌男

鏡面の奥に女が鳥を食う梯子は空に立てかけておく

今日の授業は学生が一人

青空が今日はとっても青いので「きっかけもなく生きてきました」

生きるきっかけも死ぬきっかけもないと語る細き言葉を聞きて答えず

家族たりある日は人の妻を恋うる肉屋となりて肉を断ちつつ

背もたれのない丸椅子をはみ出した尻にて海を考えている

流木の流れぬときも流木と呼ばれ半ばを埋もれてあり

火に燃ゆる蝙蝠傘をさして立つ人を恋うては忘じ果てにき

ひとつ音見るたびひとつ痛みあり風は炎を離れんとして

黒揚羽こもれ日のなかを飛びいしが秋の立つころ番となりぬ

牛伏《うしぶせ》の山のふもとの教室に手を挙げおらむわれの娘は

永遠の欠落として故郷を受け取れ父のいない故郷を

突っ伏して土食うほどの悔恨の来むときあらば土を食いいむ

男歌男2　抜けられ〼

影をひく部屋に影なき仏手柑ありて五歳のわれを笑わす

家中の鏡に映る黄落期　百年笑う赤ん坊おり

春画展を見る

永青文庫に春画見ている女たち一つ一つの顔に陰《ほと》ある

「稚児草紙」の萩むら深く首を入れ抱かれいたるほの白き尻

豆男は忠実《まめ》男なりどの絵にもつくねんと居て女男を見上ぐる

涅槃図に肘枕して安らげる男根にほそき人の足生《は》ゆ

「枕《まくら》童《どう》子《じ》抜《ぬき》差《さし》万《まん》遍《べん》玉《ぎょく》茎《けい》」の何やら頼りなき玉子顔

やまと芋のようなふぐりを揺すりおり版画のなかに男歌男

かつて永青文庫で働いた

九曜紋《くようもん》のカーテンくくるタッセルは我が選びし水色のまま

踊り場に掛かる写真のキャプションを読みつつ書きし我と出会いぬ

展示ケースのガラスに残る指のあぶら額のあぶら三年《みとせ》拭きにき

僕ら作りしカフェはなくなり春画展のグッズ売らるる片隅となる

カフェエプロンつけて客来ぬ秋の日の定家葛を庭に見ていし

春画とは笑う絵ならん草もみじ潤みつつ日をときおり弾く

草を抜き落ち葉を掃きて作りたる周回路いま細く残れる

美術館の暗き順路を辿りゆくぽつりぽつりとパンを撒きつつ

森に行き人を殺して帰り来る子どもの話「ヘンゼルとグレーテル」

どこに捨てても黙って家に戻り来るふたり子あるは恐ろしからむ

桃いろのタイルで窓を飾りたるお菓子のような娼館はあり

たそがれは誰かさがしに来るような霧が流れてここは曳舟
鳩の街商店街のアーチの時計おもては二時でうらは四時半

「抜けられ〼」看板ありて抜けられず人の声して人おらぬ路地

遠い国に戒厳令は敷かるるとラジオの声す窓の奥より

てにをはのずれてる街を歩みおり五叉路に五軒鋭角の家

過ぎゆくに何ゆえかくも恐ろしき五辻ならん振り返らざる

シュミーズの女ら低き二階窓に指もて呼ぶは男歌男

夕闇に人は明かりを点すごと笑えりわれの大笑い見て

人間がどこにも笑う単純が怖くはないか夜のすだ椎

抱くより抱き終えたるわれに来る獣のこころ断崖の月

幹を打つ斧の湿りと打たれたる樹木の匂い風が吹いてた

男歌男3　そびえ立つ山

浅間山しずかに揺れて火を噴けり少女となりて子は眠りつつ

たまにしか会えない父は遠く来て子の玉入れの入らぬを見つ

妙義団、赤城団はた榛名団、優勢なるは浅間団なる

スタートを待つ一団に小さきが小さくなりて子の座りおり

徒競走はしり終えたる暗き目をひたりと我に向けて娘よ

ひらひらと子は走るもの石積みの古墳のめぐりコスモスの咲く

石の上に焚きし火のあと縄文の家族はここに首を寄せけむ

水泳を好む少女となりたるは金木犀の匂うころ知る

妻の家の父祖の写真の並びいる部屋の畳におれが寝ている

朝啼きの鵯のこえ寒ければ娘の息に顔を近くす

家の名を彫りてしずけき鬼瓦冬の真昼の床の間にある

いっぽんの柱のめぐりしっとりと土はくぼみぬ犬と笑いて

幼稚園へ息子を迎えに

礼《いや》なして人ら出で入る園庭に子をふかぶかと抱き上げたり

瞠《みひら》きて我が子を喰らうサトゥルヌスの真似して抱けばきゃきゃとはしゃぎぬ

傾ぎつつ墓は畑のなかに立つ浅間の雪の暮れ残りおり

ふかぶかと桜枯れゆきふかぶかと子は生まれ来ぬ　家の息づき

両腕をなくしてなおも抱かんと子を思うとき朱の社あり

夕焼けをまつ毛にのせて狂いしは女か、犬か、窓か。おやすみ

自転車に乗りて自転車より速く走り去りたる男歌男

火を盗むおとこ絵本をひた走る火に盗まれてゆくように見ゆ

人はみな走る姿に眠りたり夜より暗くそびえ立つ山

わが夢のほのあかりする地平より踵を上げて歩み来る鬼

河のほとりに人待つごとく牛の首ふかく沈めて河鰻とる

石臼をまわす少女のかたわらに未来永劫かたむきて立つ

目覚むれば千年のちも晴れていて戛々《かつかつ》として我が啼くなり

われも子もいなくなりたるしずけさにぎしりぎしりと米をとぐ音

幕間　音さえざえと

傘立てに傘を落とせば響き来る音さえざえとよき人に会う

はがれてはふたたび爪の生えてくる痒さと言えば言えるこころか

カーテンに映る人かげ夜の更けて泉のごとく揺らぎやまざり

月光をはじきてハクビシンとなる一瞬を見き動く気配の

沈黙にさらに鋭き沈黙を貫くごとく抱き寄せたり

初冬の光しずけし枕木に白きペンキの×印あり

鳥影の土をすべりてゆく果たて眠れる人の命みなぎる

悼　八田木枯氏

新宿の「ぼるが」の淵に抱え来し石を落とせるごとく会いにき

冬の日は沖に射しつつ燃え上がるグランドピアノを弾く消防士

やさしさは遠くにひとを見るこころ屋上に降る雨に傘さす

歳晩の夕焼け見んと二人乗る蒲田東急ストア屋上の観覧車

定食屋にともにしずかに食う夕べ満ち足れるときは遅れつつ来む

男歌男4　たいくつなホラー

スカートの中では何が起ころうと兵士は死んで俺はばかの振り

ぶどうの皮をにゅっと出で来る挨拶のどこかで会った人なのだろう

カラヴァッジョの行く先々のたいくつを眼から老いゆく男歌男

元旦の月と転がるガスタンクもろ手の砂を舟まで運ぶ

手毬唄の手毬燃やせば黒ぐろと地を打つ毬の影は残りぬ

鉄橋の真ん中に置く手毬唄いつむうななや産み継ぐ母の

仏涅槃なげく羅漢の深き喉に挿してくださいあなたの髪を

喉の奥の叫びがつかむくるぶしの白さが俺を草に引きずる

坂の上に首を立てたり寝かしたりしながら春の雲を行かしむ

道化師はときどきおんな罅の入る古き鏡の奥に化粧《けわい》す

ピエロの絵米倉斉加年《よねくらまさかね》モランボン焼肉のタレ指導者の愛

金正恩が最高指導者になって五年

二番目の人から順に消えてゆく「地上の楽園」きょうは日曜日

月の夜を無蓋の貨車に運ばるる誰のいのちか桃の花盛り

寝転べば畳に黴の匂いせり腹はへりつつ春ゆかんとす

穴を掘る青空高く土を放る心を放る気持ちよくなる

ベッキーの不倫騒動

「ゲス」という言葉のちから生き生きと蘇らせて美女は顔上ぐ

*

愛すとは飯を食わせてもらうこと深海平野を歩いて渡る

女護島《にょごのしま》に俺が渡ればいっせいに白き日傘のばばばと開く

破れたる頬に小石の犇めける土の仏と木星《ジュピター》のダンス

俺とお前が情熱的に蔑めば歯ブラシにさえ薔薇は咲くのだ

約束などついぞ守ったことはない明日につける形容詞などない

たいくつなホラーのように聞いてみる。あなたの男は汗かきですか？

ジョン・トラボルタになりたかった

ミラーボールを指させば腰は振れ動くジョン・トラボルタ&男歌男

太陽を見上ぐるごとく呑み下す鉛の玉の夜の底冷え

水銀を満たした匣《はこ》を運びゆく金魚はきょうも気ままな日だ

エレベーターの扉の前に黒き靴そろえて空を見に行きました

滝壺に刺さりたるまま二万年身じろぎもせず滝は驚く

どうぞその永遠に触れてくれ給え空は海は山はにんげんを殺す

花園にはらりはらりと蝶は降るブラックホールは春のたけなわ

男歌男5　夕焼けを連れて

三月ごと妻が子どもを連れてくる「東京は父がいて楽しいところ」

遊園地のパラシュートにのる我と娘　手を振る我が小さく見える

大空を振子となって揺られおり手は握りつつ宙にとどまり

二回目はひとりで乗れるパラシュート夕焼けを連れて子が下りてくる

マシーンに乗るやすなわち一本の絶叫となる男歌男

無造作に書き殴りたる下書きのような時間を父として生く

二〇一〇年七月、大阪市西区で三歳と一歳の幼児がマンションの一室に死んでいるのが発見された。母親は五十日間、家に帰っていなかったという。

インターフォンより「ママあ、ママあ」と呼ぶ声の幾日か聞こえ消えゆきにけむ

ごみの上に母を待ちつつ仰向けに並んで死にし姉とおとうと

雨の日は雨の匂いのひもじさに練り辛子まで食いて死にしか

死ぬまでをほそほそと泣く声を思い誰より深く愛したであろう

*

子らを遠く人と歩める冬の日の道まがるたび道のさき見ゆ

キッチンになにかつくりてかそかなる音となりゆく人とわが棲む

ガスコンロの青き炎に十の爪照らしてそこに立っているひと

大磯の海に拾いし小さき石きょう食卓の箸置きとなる

アコーディオン、河馬、鍵、赤き南天の君が描けばさみしがる絵よ

キャップなくしたるボールペン筆立てに憩う宛名を書いているときが旅

振り向けば窓のひとつに君はいてすこし遅れてわれに手を振る

写真集『水俣』

小さき湯舟に抱かれながら浸かりおり細きからだのおそらくは少女

ユージン・スミスの写真の奥に日は差して子どもを抱く母の顔あり

日のあたる湯の面に波紋あつめつつ四十年を震えざる腕

冬の工場地帯を歩く

現れてか黒き貨車は過りたり日本触媒浮島工場引込線

大いなる鉄のぶつかる音がする人工島の深き昼より

崩れつつ積み上げらるる鉄屑の生き生きとして暮れなずみおり

黒々と聳ゆる砂利の山を噛みパワーショベルの錆びて傾く

プラントのひかり車窓に流れたり殷墟に眠る殷の金文

護岸ブロックにずどんと広き道は尽き無人の電話ボックス灯る

子に会いに行かんと駅に終電を見送っている男歌男

黒き傘さして運河を下りゆく　娘よ、父は雨に降る雪

長歌　雲はあれども

煙突に　上りたるまま　降りて来ぬ　男ありけり　風船で
上りたるまま　降りて来ぬ　男ありけり　見上ぐれば　空
はあれども　その空に　雲はあれども　おじさんと　呼ば
れし男　みな逝きて　遥けくなりぬ　広きその空

男歌男6　雄のひよこたち

振り返ると映像制作の仕事が長い

きのう相模きょうは常陸の春をゆく黒きロケバスに揺られて我ら

歌垣のはじまる頃かバスのゆく霞のうえに筑波嶺は立つ

撮影に入るや鶏舎に羽音してめん鶏なれば啼かぬ五万羽

猛禽のようなる赤き脚うつくし大人となるは雌のみにして

くらがりに産み続くるは快楽か真白きものは肉を出で来ぬ

殺菌にはオゾンガスを使うという

ガス室に卵は眠る。お父さん、あれはあかるい春の日でした

放られて大き漏斗の真空の穴に吸わるる雄のひよこたち

雄はミンクの餌なりと聞きわが心はつか安らぐ知りいしがごと

鑑別の手に握られて放られて雄となりしか男歌男

てのひらにのせるひよこのぬくもりの夕明かりして電車に帰る

菜の花のつづくかぎりの利根川の上流にわが子らは住みおり

働けばひと日の疲れ獣めきわが首の根を咥えゆくなり

冷蔵庫に石を冷やしているような男であろうしゃべりつづけて

語るべき語らざるべき一瞬の男のピント探りつつ指

とんかつが無くなり食いし人が去り椅子つつましく向き合いており

一九九二年　釜ヶ崎暴動

暴動より一年経たるドヤ街に取材せし冬われら若かりき

植林のような仕事か映像は五十年後に意味あらばよし

器の水こぼさぬように歩みおり解雇望みしのち三日ほど

依願退職といえど解雇にひとしい

ひとりひとり挨拶をして席を回るわれ知らずわれ光りいるらし

因習の濃き改札に人は列ぶ人身事故で電車は来ない

酔うたびに知らない町の灯は点る足は乗りもの間違えて乗る

宇田川とかつて呼ばれし道の上に川風と会う　川よおやすみ

金魚屋は夜中に開く大男ひとりになれば揺れながら行く

鍵穴に刺したる鍵をぬく音をわが指は聞くきょうは満月

水栓を抜けばいくたび折れ曲がりわれを離《か》れゆくひとすじの水

ひと月を働き次のひと月を働く橋は新しくして

舟底へ振り下ろす斧　炎天の光あつめてわが仕事あれ

鶏をいまだ縊りしことなきを生きて眠ればおりおり思う

幕間　ぐしゃぐしゃの翼

山本五十六記念館

山本五十六の遺品の中に傾ぎ立つ眉根のほそき日本人形

人形の名前は真珠湾《ますみ》　黒髪の眉に懸かれる一筋もなき

大日本帝国連合艦隊司令長官搭乗機の展示されいるぐしゃぐしゃの翼

鎌倉を歩く

海風を割きつつ尾根は下らんか灯籠ふとき安国論寺

法難の跡と伝えて二日目の雨に暮れつつ半夏生咲く

カストロをゲバラを知らず十日読むアレナス自伝『夜になるまえに』

土の窪みに土食う子ども蠢きぬひとり伏せればひとり顔上ぐ

前歯二本失いしより「歯なしの牝仔牛《ラ・テルネーラ・デスデンターダ》」と作家は長く蔑まれいし

カストロの時代を五十年老いてピアノを持たぬピアニストあり

寒濤や軍神宿といえばわかる　相原左義長

泥酔の巨漢を肩によろめきぬ軍神宿をわれは知らざる

酔うほどに広くなりゆく卓上にしんと鋭き胡麻粒ひとつ

奈良を旅する

元興寺極楽坊に打ち込まれ夏をつめたき黒鉄の釘

ほそほそと金の描線ひかりおり智光曼荼羅いま秋にして

生誕百年を一年過ぎて忽然とわが思いおり保田與重郎の若さ

うっとりと手にのせて見る秋の日の補陀落へゆくひとの仰臥を

男歌男7　ふたりぼろんじ

男歌男おんなを抱き飽きてきょうは立派な桐の葉とドライブ

丘あればさては古墳と思うなり登って下る　やはり怪しい

このへんが石室なりやてっぺんの松のあるべきところ松なし

青銅を磨いて待てるさびしさか娘いだけばひんやりとせり

抱かれてゆらり揺らめく膝の上にばりっばりりりと鳴り出ずる琵琶

水底は愉楽のみやこ抱きあい沈むすなわち天降りゆく

一九九四年、壱岐の安国寺から重要文化財の大般若経が盗まれ、
翌年、韓国で発見された。

大般若波羅蜜多経六百のバトンどどっとわが前を過ぐ

血糊つく経巻《きょうがん》高く買われしと女手になる書《ふみ》に読みおり

安国寺本高麗版大般若経盗まれ二十年はた六百年　盗んだの僕？

奪いつつかなしきまでに奪われて那由多劫《なゆたこう》なる光　受精す

石像となりたる夢に石の首落として千の椿咲かしむ

徒然草百十五段　ぼろんじは非僧非俗の乞食。梵字、ぼろぼろとも。

師のかたきを尋ね来たるは〈しら梵字《ぼんじ》〉ねんぶつ春の風に濡れおり

宿河原に果たし合いせしぼろんじの名はやさしかり〈いろをし〉〈しら梵字〉

世を捨てて暗く我執を生きいしがやすやす死んで見するぼろぼろ

親のつけし名にあらざらん名乗り合いともに死にけるふたりぼろんじ

＊

番組のために金魚と地球儀と赤べこ買って夜のロケに行く

渋谷交差点に赤べこの首ゆれいるを美しく撮るこの世の終わり

うちひさす皇居にひらく朝顔の鉢に鏄入るTokyo in deep

国をあげて造る古墳の葬列の二〇二〇年のこんにちは

太陽の塔の内部に枯れ尽くす「生命の樹」は原色のまま

浅間山荘を潰さんとする鉄の玉ゆらりゆうらり雪がきれいだ

飛田新地の一膳飯屋にキャンディーズうつむきて聞く「その気にさせないで」

城跡におもちゃみたいな遊園地ひとを遊ばせながら錆びゆく

サンダルを海になくしたあの夏のぼくより若いママンおはよう

八朔の落ちてとぷんと海は暮れまた朝は来てやがて百年

そう、いつか誰も死なない朝がくるインクの壺の蓋あけておく

そのかみのその燃ゆる夜のそのいのちわが曳く舟に眠れちちはは

一粒の米死なずば……われを破り多き小法師《こぼし》の今こぼれ出ん

生まるればたちまち死んでたのしけれ　おーい、ぼくより若い父さーん

死にたるやすなわち生まれうれしもよ　この世の外に石を投げてみよ

男歌男ファイナル　さいわいぼくは

マント着て空をそれらしく飛びおれど正義の味方とは限らない俺

男歌男が空を飛ぶわけは飴をくれたら説明しよう

きょう畳に突っ伏しているこの俺は蘇鉄かがやく切り口に過ぎぬ

コマ落としで愛をささやく女あり「あいしるいっしょう死でもはなない」

いのちからいのち生れくるさみしさよ矩形に浮かぶ十薬の庭

あれに何も遣ってはならぬ楽しげに家族が笑う家という飢えに

ごとりごとり弾まぬ毬の足音をたてつつ上る月の階段

なんてにこやかなこの人だろう真後ろに立っていたならおそろしからむ

月の夜の凪ぎたる海をながめおり針の頭は穴ばかりなる

生ぐさく潮の満ち来る墓原に人待つぼくの顔があかるい

六月の窓の匂いを引きながら蛇が横切るまはだかにして

水槽に金魚の尾ひれ揺れやまず昼を選びてわれに来る人

夜となれば夜をつやめく印伝の黒き袋をいただきにけり

庭のトマト熟れれば赤くなるように木馬は揺れて夫人がいない

ぞろぞろと入りて出でくる温室に花より大き顔ぶら下がる

紫陽花を君のかわりに抱くなんて夕べのうちは言えなかったよ

フェイクだから人を愛しているのです敬礼などもうまくできます

床の上にキャベツごろんと転がって足もとに来た　何度もごめんね

へそに土を盛りて菫を咲かせたりぼくはやさしい男でしたよ

シェーファーのボトルインクに雨が降る声の消えゆくまでのいろいろ

オイスターグレーのインク吸いあげて万年筆は淡き字にのる

澄みわたる真昼の空を深くしてダリアのように車が燃える

茄子の葉に茄子のむらさき通いおり人あり人の顔に出入りす

月光の庭をうねらせ団子虫ひしめく見つつわれは素直なる

いちはやく湯はわが骨を温めたりそののち肉のあたたまりくる

月光が貧しき屋根を光らせるさいわいぼくは人だから死ぬ

アンコールの拍手遠くに聞こえおりイラクフクシマシリアソマリア

もう何も探す意味などなくなりてどっと拍手の男歌男

男歌男リターンズ　膝で歩く

ふかぶかと霧に消えては歩み来るあれはたしかに男歌男

いっぽんの竹をめぐれば一刷毛のいきおい背《せな》の竹林まわる

透明人間にならんとマントつけたれば思いもよらず空を飛びいき

真裸でいうこんにちは真裸でいうさようならたれか応えよ

電線に電柱ぷらりぷらり揺れ何におびえてこの世界ある

東日本大震災

海の来て海の去りたる野阜《のづかさ》に長ぐつ干して泣く人は見ゆ

一cc当り三百九十万ベクレルの春の水面にひたしいし足

みちのくの安達ヶ原の黒塚の夜をはたらく自衛隊放射能除染部隊

チェルノブイリ原発事故から三十年

母に子にありし明日をばらばらに回りておらむプリピャチの観覧車

燃えながら麒麟あゆめる草原を眠りの底に確かめにゆく

はるばると戻り来たれば人すでにおらず何年たったのだろう

廃村の草にぼーっと輝きて女のごとく眠る流し台

匂うものなべてやさしと思うまで籐椅子の脚雨に濡れいる

村の奥に誰も行かない村はあり仲よくあそぶ姉とおとうと

春の月ちんじゅの森に浮かびおり村とは子らの揺れいるところ

ぶらさがるものはぶらんこ揺れおれば父もぶらんこ母もぶらんこ

逃げてゆく子らの背中が見えるから鬼なんだろうぼくはおそらく

懐中電灯の光とどかぬ谷底にぶあつき声が五、六本ある

ぬかるみに挿して遊びし足のうら雨に洗われ透きとおるなり

忘れいることも忘れてゆくんだな家のめぐりの木賊のみどり

靴で踏む家の畳のやわらかさ光あつめて柱しずけし

雨脚をほそほそと引く春雨に燃えているのは愛のある家

金色に緊まりて細く流れゆく俺はいつまで男歌男

まばたきをせざる眼の怖ければ花もて井戸をうずめんとせり

なかんずく首を刈るなら黒ダリア郷愁《ノスタルジア》は未来より来る

いっせいに空で子どもが泣いている膝で歩いていればいいのか

魚《うお》の口のような襟から伸びていたわたしの首の口を出る魚

輝ける疲れのなかに眠りおり鉤に吊らるる豚の首しずか

男歌男エピソード0　よろこびますように

冬の日を透きて桜の枝あかし遅刻して逢う耳のやさしさ

貝の裏とろりとろりと光りおり子を身籠もれる人の遊びに

五センチの小さきが腹に眠るという一寸法師よりも大きい

滝壺に音なく水の刺さる見ゆ母とはかくもよく眠るものか

空の奥へ空が続いてゆく深さ父となる日の土管に座る

八月の光る多摩川　子よこれがお前のわたる初めての川

夜をこめて羽化せし蟬の鳴き声の細く入りゆく山河草木

まるでもうたましいだけになってしまい哺乳瓶からミルクのんでいる

いい女になりそうである背中には獣みたいな毛が生えていて

道を渡りゆきたるカエル田に入りて夕べかわずとなりて鳴くなり

赤い口あけて泣く子をあやしつつその子の父も赤い口ひらく

子を胸に歩めばわれの知らざりしやさしさを見す人も世界も

泣き疲れ眠りに落ちる乳飲み子のなおも泣かんとするか手を振る

つわぶきの花の暗さを思いつつ体ひとつで落ちてゆく眠り

温室のトマト一夜に葉を落とし実のあかあかと枝に生きており

冬支度のひとつ小さき子の足に小さき靴下はかせてやりぬ

子の顔を近づけ匂いかがせれば大泣きに泣くこれは水仙

膝を揃え首なき土偶すわりおり腕に小さき乳飲み子を抱き

ぐいっと左にひん曲がりたる縄文の男の鼻は酔いて良き鼻

赤土に赤き土偶の眠れるをしずかに満ちて桜ひらきたり

吾子に歯の生えし日うすく影ひきて歩めるごとく桜咲きつぐ

竹の皮嚙みて遊べるみどり子としずけき夜をふたり起きている

眠る子に読んで聞かせる物語ふぇるじなんどはやさしき牡牛

歩みつつ人となりゆく進化図のはじめの猿のうつむきており

つたい歩きに手をつく壁のひとところうっすら汚れ二回目の秋

いずくにて会いしか今は膝に乗り絵本の鬼とわれと見比ぶ

波が寄せ波が引きゆくしずけさに語らうごとく子を叱りおり

疑わずわれの匙より飯を食う小さき者よいつか食わざらむ

おやすみを覚えたる子が手を振りぬテレビ、くつした、父、父の椅子

しゃぼん玉は空へ帰ってゆくんだよ今きた風は老人の風

なにもない大地に風が吹いていた　いつかぼくらがよろこびますように

あとがき

『亡羊』に続く二冊目の歌集である。

「短歌研究」二〇一四年八月号から八回、二年にわたる連載「男歌男」の作品に手を入れ、『亡羊』以後の作品を加えて三一二首とした。

連載や歌集タイトルの「男歌男」は師、佐佐木幸綱の「男歌」からとった。「男歌」には様々な意味があるが、つきつめれば信頼と肯定の歌なのだと思う。閉塞感の増す現代に、今なお「男歌」は可能なのか。結論は用意していない。出会ったものを全てとして、迷いは迷いのままうたうしかなかった。読者の中に一人でも男歌男は自分だと言ってくれる人がいたら望外のよろこびである。その言葉を未来に待って、これらの歌を私の「男歌」としたい。

作品連載と歌集出版の機会を与えて下さった短歌研究社の堀山和子様、歌集の制作にあたって一切を取り仕切って下さった水野佐八香様にあつく御礼申し上げます。

二〇一六年十一月二十六日

奥田亡羊

著者略歴

1967年、京都府生まれ。
早稲田大学第一文学部卒。
佐佐木幸綱氏に師事。「心の花」会員。
1999年、短歌研究新人賞次席。
2005年、短歌研究新人賞受賞。
2007年、歌集『亡羊』上梓。
2008年、第52回現代歌人協会賞受賞。

検印
省略

平成二十九年四月十七日　印刷発行

歌集　男歌男《おとこうたおとこ》

定価　本体三〇〇〇円（税別）

著　者　奥《おく》田《だ》亡《ぼう》羊《よう》
発行者　堀山和子
発行所　短歌研究社
郵便番号一一二―〇〇一三
東京都文京区音羽一―一七―一四　音羽YKビル
電話〇三（三九四四）四八二二・四八三三
振替〇〇一九〇―九―二四三七五番
印刷者　豊国印刷
製本者　牧製本

ISBN 978-4-86272-528-8　C0092　¥3000E